Anna Quindlen

Mein Leben mit Beau

ANNA QUINDLEN

MEIN LEBEN MIT BEAU

WIE EIN LABRADOR MEIN HERZ GEWANN

AUS DEM AMERIKANISCHEN
VON CHRISTINE HEINZIUS

PAGE & TURNER

Die Originalausgabe erschien 2007
unter dem Titel »Good Dog. Stay.« bei Random House,
a division of Random House Inc., New York.

FSC
Mixed Sources
Product group from well-managed
forests and other controlled sources

Cert no. SA-COC-001819
www.fsc.org
© 1996 Forest Stewardship Council

Verlagsgruppe Random House FSC-DEU-0100
Das FSC-zertifizierte Papier *EOS* für dieses Buch
liefert Salzer, St. Pölten.

Page & Turner Bücher erscheinen im
Wilhelm Goldmann Verlag, München,
einem Unternehmen der Verlagsgruppe
Random House GmbH.

1. Auflage 2008

Gesetzt aus der Kepler Light
Druck und Einband: CPI Moravia, Pohorelice
Redaktion: Ilse Wagner
Printed in Czech Republic
ISBN: 978-3-442-20337-6

www.pageundturner-verlag.de

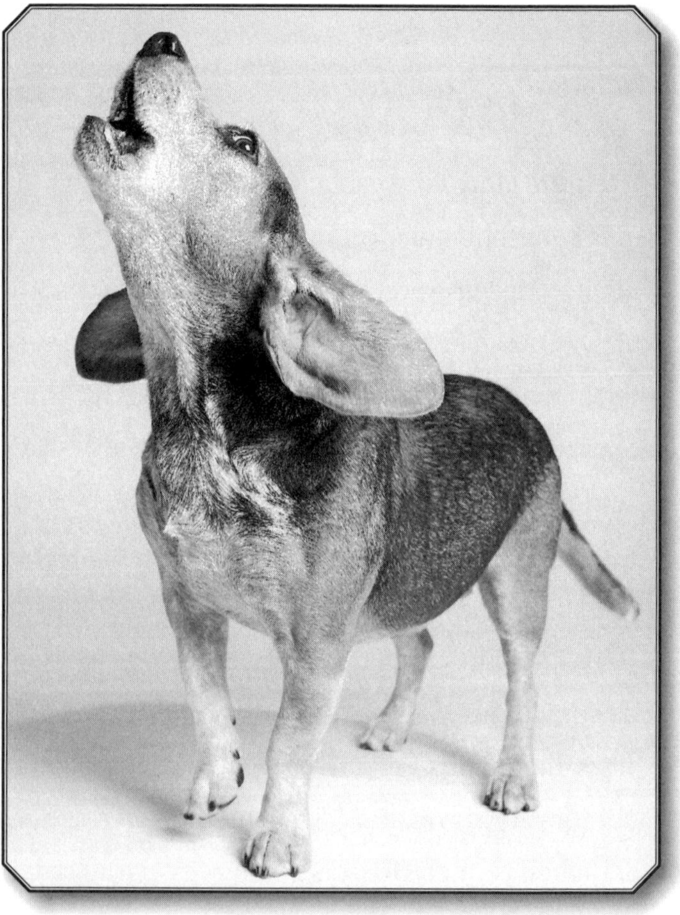

Mehrere Jahre lang gab ich eine traurige Figur ab, einen Menschen, der ohne Tier zum Tierarzt geht. »Beau?«, rief die Sprechstundenhilfe, und ich stand auf. Dr. Brown führte mich dann in ein Sprechzimmer, in dem eine Flasche voller konservierter Hundeherzwürmer und das Modell eines Hundeknies standen, und schickte mich mit einem Folgerezept und dem Versprechen, wenn nötig, einen Hausbesuch zu machen, wieder nach Hause. Der Hausbesuch würde Einschläfern bedeuten, aber keiner von uns sprach das Wort je aus.

Das Thema unserer Diskussionen, ein schwarzer Labrador Retriever, der laut Hunderegister den lächerlichen Namen Bristols's Beauregard Buchanan trug, schlief zu Hause auf einem Orientteppich im Flur. Der Teppich stank. Beau ebenfalls. Zu diesem fortgeschrittenen Zeitpunkt gab es keinen vernünftigen Grund, warum er persönlich beim Tierarzt erscheinen sollte. Sein Augenlicht und sein Gehör hatte er fast komplett verloren. Aber er hatte die unheimliche Fähigkeit beibehalten zu merken, dass ein bestimmter Tonfall in meiner Stimme, während ich nach der Leine griff, bedeutete, dass wir zu dem Ort fahren würden, an dem seine Prostata mal untersucht worden war. Nach diesem denkwürdigen Besuch, bei dem er aus den hinteren Räumen der Tierarztpraxis mit gesträubtem Rückenfell, als sei er ein Rhodesian Ridgeback, aufgetaucht war, hatte er auf den übervollen New Yorker Straßen eine Witzfigur aus mir gemacht. »Sie zerren diesen Hund aber wirklich«, hatte ein Mann nahe einer Bushaltestelle auf dem Broadway gesagt und das Offensichtliche ausgesprochen. Es stimmte: Beaus Weißkittelsyndrom führte zu einer systemischen Lähmung, sodass er am Ende der Leine zu einem soliden 34-Kilo-Klotz wurde, wie eines dieser hölzernen Nachziehtiere für Kinder, aber größer und sturer. Wenn wir es dann endlich bis zum Wartezimmer geschafft hatten, begann er zu zittern und

sich zu schütteln und verlor sein Fell, sodass die anderen Patienten und ihre Herrchen in eine Wolke aus feinem, schwarzen Fell, ähnlich einem Mottenschwarm, eingehüllt wurden.

Ich vermisste diese Ausflüge nicht, obwohl ich die immer stärkere Behinderung, die sie unmöglich machten, bedauerte. Als Beau älter wurde, gab es für die paar Häuserblocks keine Alternative mehr zu dem Hundetaxi, dessen Werbung neben Aushängen wegen herrenloser Kätzchen und entlaufener Mischlinge am Schwarzen Brett der Tierarztpraxis hing. Beau bewegte sich, als seien seine Hinterläufe Prothesen, an die er sich erst noch gewöhnen müsse. Das allerletzte Mal, als er spürte, dass wir auf dem Weg zum Hundearzt waren, legte er sich auf die letzte Stufe und rührte sich nicht mehr. Er würde diesen Fehler kein weiteres Mal begehen. Ich auch nicht. Ich habe genug Zeit bei Leuten verbracht, deren Körper versagten und die offensichtlich in einem Zwischenreich zwischen Krankheit und Tod schwebten. Ich hasste es, dass die Mediziner sich verpflichtet fühlten, weiter zu pieksen, zu testen, zu behandeln, obwohl es weder Heilung noch Linderung gab. Bei Menschen geht man davon aus, dass man alles tun möchte, bei Tieren gestattet man sich den Luxus, das Richtige tun zu können. Ein Richter am obersten Gerichtshof sagte mal, dass eines der wichtigsten Rechte das Recht sei, in Frieden gelassen zu werden. Nach knapp fünfzehn Jahren loyaler Freundschaft hatte Beau sich dieses Recht verdient.

Es ist schade, dass Nachrufe und Lobeshymnen erst veröffentlicht werden, wenn die Leute fort sind und sie nicht mehr schätzen können. Wie oft hat man nach einer Totenfeier gesagt: »Das hätte ihr gefallen«? Böse Zungen behaupten, dass gewisse Promis in dem Wissen, dass die *New York Times* wichtige Nachrufe schon sehr früh verfasst, versucht haben, einen Blick auf ihren eigenen Nachruf zu werfen. Offiziell, um die Fakten zu überprüfen, aber ich vermute, dass es mehr mit dem eigenen Selbstwertgefühl zu tun hat. Wie viele Zeilen? Welche Art von Meldung? Und die in der Welt der Reichen und Berühmten wichtige Frage: Wird

mein Nachruf mit einem Foto auf die Titelseite kommen?

Beau hat natürlich keine Ahnung, was ich über ihn sagen werde, obwohl er immer zu begreifen schien, dass eine Laptoptasche neben der Haustür einen Ausflug aufs Land bedeutete, was ihn selbst im hohem Alter, verkrüppelt wie er war, in Begeisterung versetzte. Außerdem spreche ich eigentlich über mich, über uns, über unsere Familie, über unser gemeinsames Leben, wenn ich über ihn spreche. Hunde bieten Menschen einige Dienste in ihrem Leben, selbst den Menschen, die keinen Hund brauchen, um sie durchs tägliche Leben zu führen oder Raubtiere von ihren Schafen fernzuhalten. Bei Hundeausstellungen werden die Hunde, die so etwas tun, immer noch als Arbeitshunde bezeichnet, aber die meisten von ihnen arbeiten nicht mehr auf diese Art und Weise, genauso wenig wie Jagdhunde noch oft jagen. (Die Bezeichnung Schoßhund für bestimmte Tiere ist jedoch immer noch zutreffend.) Die Arbeit, die so viele Hunde heutzutage leisten, ist es, uns zu erlauben, unsere Gefühle auf sie zu pro-

jizieren, anzunehmen, dass sie aufgeregt oder niedergeschlagen oder einsam sind, wenn wir es sind. »Er ist draußen auf dem Land so viel glücklicher«, sagte mein Mann immer über Beau. Aber ich vermute, dass er selbst auf dem Land glücklicher ist, und ihm gefiel die Vorstellung, dass er und Beau denselben Geschmack hatten.

Menschen tun das auch mit ihren Kindern. Sie versuchen, sie als eine Art Spiegel oder Projektionsfläche zu nutzen, was ansonsten vernünftige Männer dazu bringt, am Spielfeldrand Anweisungen zu brüllen, oder Frauen dazu, kleinen Mädchen ein bisschen Lippgloss und ein wenig Rouge zu erlauben. Die meisten Eltern werden früher oder später wieder normal, sodass ihre Söhne und Töchter nicht zu einer Individualitäts- und Unabhängigkeitserklärung durch einen frühen Auszug oder eine frühe Ehe gezwungen werden. Aber jeder Frau, die mal in einem Kreißsaal gelegen und erlebt hat, wie entgegen allen physikalischen Gesetzen ein gesamter Mensch aus ihrem Körper herauskam, kann man verzeihen, wenn sie es schwierig findet, die so

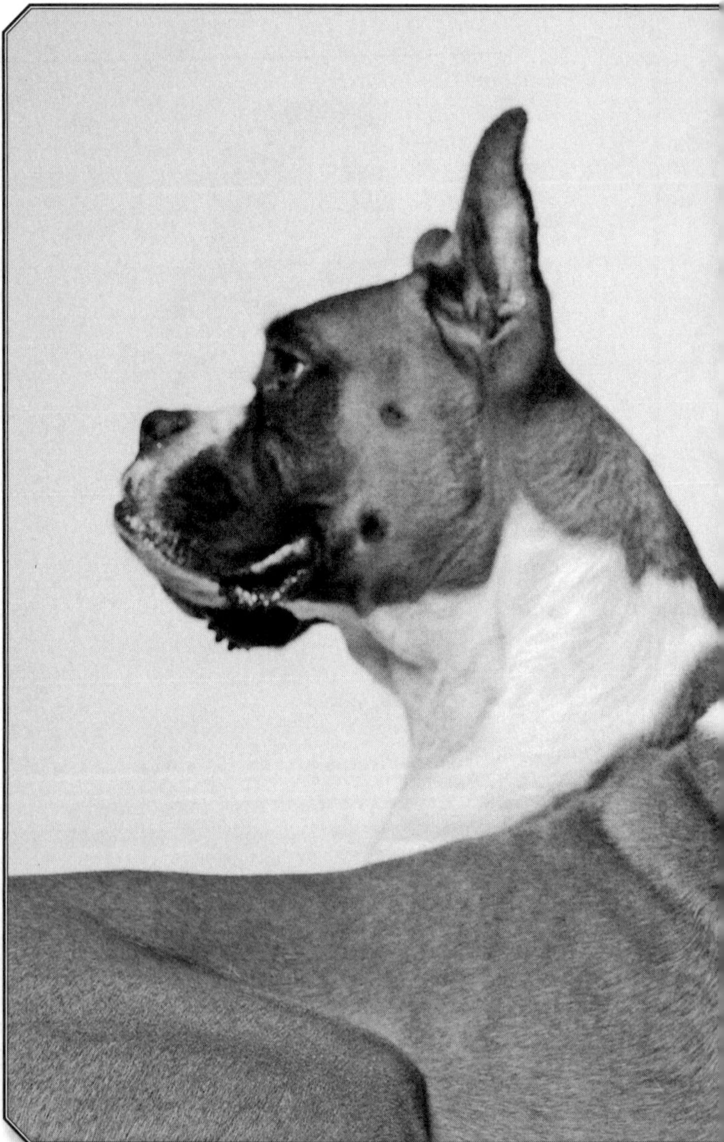

entstandene Person als vollkommen und unwiderruflich eigenständig anzusehen.

Lange Zeit dachte ich ziemlich selbstgefällig, dass ich bei diesem Trennungskram recht gut sei. Dann wurde eines Abends meine Hilfe bei einem Aufsatz für die Highschool ziemlich umfangreich. Meine Tochter sagte daraufhin in einem ruhigen Tonfall: »Mom, ich bin nicht du.« Zusammen mit »Willst du mich heiraten?« und »Sie sind schwanger,« ist dieser Satz für alle Zeiten in meinem Unterbewusstsein fest verankert.

Hunde sprechen und widersprechen aber nicht, was in einem hyperverbalen Zeitalter einen Teil ihres Charmes ausmacht, daher bieten sie sich mühelos und uneingeschränkt für diese Art von Projektionen an. Genau wie ihre offensichtliche Anhänglichkeit. Es fiele mir nie ein anzunehmen, dass die Katze und ich einer Meinung sind. Mit ihren bernsteinfarbenen Augen und der vernarbten Oberlippe drückt sie normalerweise entweder Verachtung oder Gleichgültigkeit aus. Wenn sie sich um meine Fesseln schmiegt, dann aus Hunger, nicht aus Zuneigung. Ich mag das an Katzen, sie sind die Clint Eastwoods unter den Haustieren. Ein Hund, der neben einem sitzt, will Gesellschaft, eine Katze tut dir einen Gefallen. Daher steht eine Katze auch auf und stolziert aus dem Zimmer, wenn man »Sitz!« sagt. Die meisten Hunde werden auf ihre Hinterläufe sinken, leicht zittern und einen mit ihren feuchten Augen ansehen.

Menschen haben die Art von Beziehung zu ihren Hunden, von der sie fälschlicherweise annehmen, sie hätten sie auch mit anderen Menschen. Wenn wir sehr jung sind, ist es die perfekte Einheit, von der wir ehrlich glauben, dass wir sie mit einem Geliebten haben werden. Wenn wir älter werden, ist es die Symbiose, von der wir fälschlicherweise annehmen, dass sie uns immer mit unseren Kindern verbinden wird. Bedingungslose Liebe, unverwandte Aufmerksamkeit, Partnerschaft ohne Fragen oder Kritik. Ich habe mal ein Kissen gesehen, auf dem stand ICH WÄRE GERN DER MENSCH, FÜR DEN MEIN HUND MICH HÄLT. Das sagt so ziemlich alles.

Die Charakterzüge, die wir unseren Hunden zuschreiben, die Geschichten, die wir uns über sie erzählen, sind also auf eine gewisse Art unsere eigenen Geschichten. Wenn Beau unseren Block entlangtappte, sahen Passanten einen sehr alten Labrador mit einer weißen Schnauze und einem Schwanz, der irgendwie gebrochen aussah, als hätten ihn all die Jahre des Wedelns abgenutzt. Aber ich sah einen Hund, dessen gesamtes Leben vom Welpen über die Jugend, dem mittleren und hohen Alter unzertrennlich verbunden war mit dem zweier kleiner Jungen mit hohen, piepsigen Stimmen und ihrer jüngeren Schwester, die ihre prägenden Jahre im Schlepptau ihrer Brüder verbracht hat. Ich erinnere mich, wie die drei Kinder um einen pummeligen Welpen herumsaßen und ihm erlaubten, an ihren Fingern zu knabbern. »Du hast recht, Quin«, sagte der Zweite. »Seine Zähne sind wirklich scharf!« »Wirklich scharf«, wiederholte ihre Schwester.

Diese Jungen sind Männer, das Mädchen eine Frau, ihre Eltern im mittleren Alter. Das ist die Geschichte meines Lebens und die von Beaus Leben.

Seine Kinder wurden groß, ihre bekannten Stimmen wurden tiefer und dunkler, ihre weichen Gesichter wurden straffer und zeigten die Form von Wangen und Kinn. Aber er erkannte sie immer. Sie gingen fort zum College, waren monatelang weg, stürmten mit einer Reihe von Freunden wieder zur Tür herein, so begeistert vom eigenen Leben, dass sie manchmal auf ihrem Weg woandershin einfach nur über ihn hinwegstiegen. Und doch klopfte sein Schwanz auf dem Holzboden wie der Gebläseriemen an irgendeiner Maschine.

Manchmal erzählen mir Leute, dass ihre Kinder um einen Welpen betteln, aber dass sie nicht dumm genug seien, sich darauf einzulassen, denn sie wüssten ja *ganz genau*, dass die Kinder zwar sagten, sie würden den Hund erziehen, mit ihm Gassi gehen, ihn füttern und bürsten und sich um ihn kümmern, aber das werden sie eben doch nicht tun. Natürlich werden sie das nicht. Eltern, die tatsächlich glauben, dass nicht sie den Hund meistens, wenn nicht gar immer ausführen werden, besonders wenn es regnet oder während eines Graupelschauers, sind

Eltern, die auch glauben, dass es über die Weihnachtsferien keine Hausaufgaben gibt und dass die Zigaretten jemand anderem gehören. Für Kinder ist der Sinn und Zweck, einen Hund zu haben, ungefähr derselbe, wie der, Mutter und Vater zu haben. Wir sind das Fundament, die Umgebung, die Landschaft, werden oft ignoriert, um dann während schwieriger oder angsterfüllter oder manchmal auch glücklicher Zeiten umarmt zu werden. Meine Mama, mein Papa, mein Hund, mein Zuhause, unveränderlich, man kann sie verlassen, und wenn man will, wieder zurückkehren und erneut gehen.

Ausgewachsen war Beau die Art von Hund, den ein Besetzungsbüro für diese gewisse solide und stabile Rolle ausgesucht hätte, mit seinem großen, massiven Kopf, seiner breitbeinigen Haltung und seinem rauen Bellen. Ein Disneyzeichner hätte ihn im Talar oder einem weißem Kittel als Richter oder Arzt vermenschlicht. Aber sein langes Labradorleben begann wild und verrückt. Wir Mütter benutzen das Wort »schlecht« nicht mehr oft, da wir es für zu intolerant in einer toleranten

Welt halten. Stattdessen benutzen wir den Ausdruck »nicht gut«, wie zum Beispiel »Christopher, es ist nicht so gut, wenn du Joghurt in Marias Haar schmierst. Quin, es ist nicht so gut, dass du ihn darauf gebracht hast.« In seinen prägenden Jahren war Beau so »nicht gut«, dass nichts und niemand vor ihm sicher war. Freunde, die uns auf dem Land besuchten, mussten immer wieder darauf hingewiesen werden, keine Schuhe oder Socken auf dem Boden liegen zu lassen, wenn sie schwimmen gingen, er fraß beides. Meine schönste Erinnerung an seine Jugend ist die, wie er durch den Garten stürmt und ihm dabei gestohlenes Stickgarn aus dem Maul hängt. Als jugendlicher Hund versuchte er mal ganz fröhlich, unsere Tochter an ihrem Pferdeschwanz zu schnappen und mit ihr davonzurennen. Er sah völlig perplex aus, als wir ihn anschrien und ihn, ich schäme mich, es zuzugeben, mit einer zusammengerollten Zeitung schlugen.

Mein Ehemann behauptet gern, dass es keine schlechten Hunde gibt, sondern nur schlechte Herrchen, obwohl er normalerweise gar nicht über Hunde spricht, wenn er das sagt. Manchmal fragten wir uns, ob wir schlechte Herrchen waren. Beau ist mal weggelaufen, und wir mussten ohne ihn vom Land zurück in die Stadt fahren, mit heulenden Kindern auf der Rückbank. »Ist Beau tot?«, fragte der Älteste, während die jammernde Musik der anderen beiden lauter wurde wie in diesen diskordanten, modernen Kompositionen. Wir schalteten eine Anzeige in der örtlichen Zeitung, und es stellte sich heraus, dass Beau nicht tot war, sondern glücklich mit einem Golden Retriever lebte, ungefähr zwei Meilen entfernt. Mein Vater fuhr mit seinem Pick-up und Beaus Hundebox

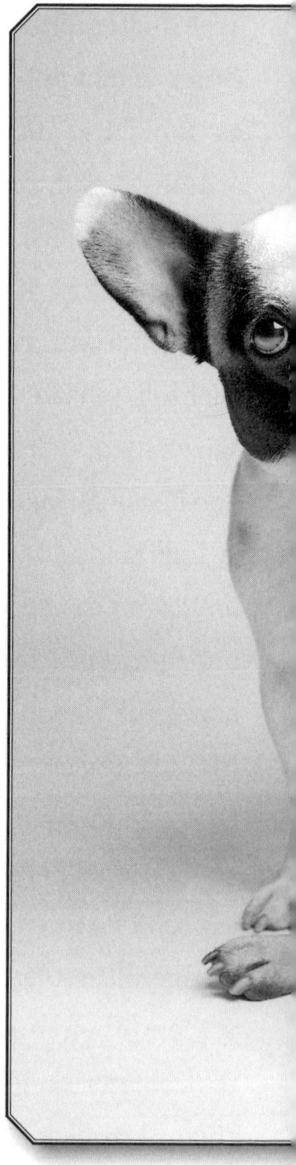

auf der Ladefläche hin und holte ihn heim. Sogar in der weniger gastfreundlichen Stadt schlüpfte er, stand die Haustür auch nur einen Augenblick offen, hinaus, um sorglos über die Straße zu rennen. Ich rannte dann mehrere Blocks entlang, während Passanten mir den Weg wiesen: Ach der schwarze Hund? Der ist dorthin gelaufen. Ein Spaßvogel schlug vor, ich solle ein Kinderbuch mit dem Titel »Folg dem Hund!« schreiben, was ich nicht komisch fand.

Labradore sind klassische Spätzünder, Hunde, die sich noch lange über das angemessene Alter und Gewicht hinaus für Welpen halten. Der Ratschlag, den wir am häufigsten hörten, war der, dass Beau viel näher an seinem Zuhause bleiben würde, wenn wir ihn kastrieren ließen. Das wurde er dann auch, eine einfache Operation, gefolgt von einem schwierigen Gespräch. Was Beau verloren hatte, war für die Jungen, damals acht und zehn Jahre alt, von großer Bedeutung; sie waren deutlich angespannt, als sie so nebeneinander auf dem Sofa saßen. Beau selbst torkelte durchs Haus mit einem dieser post-

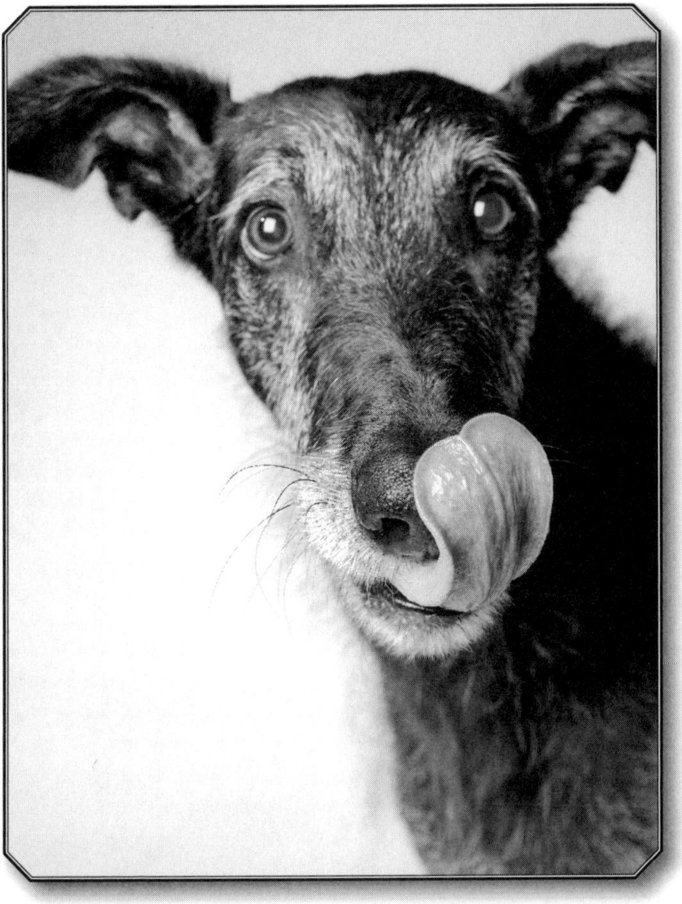

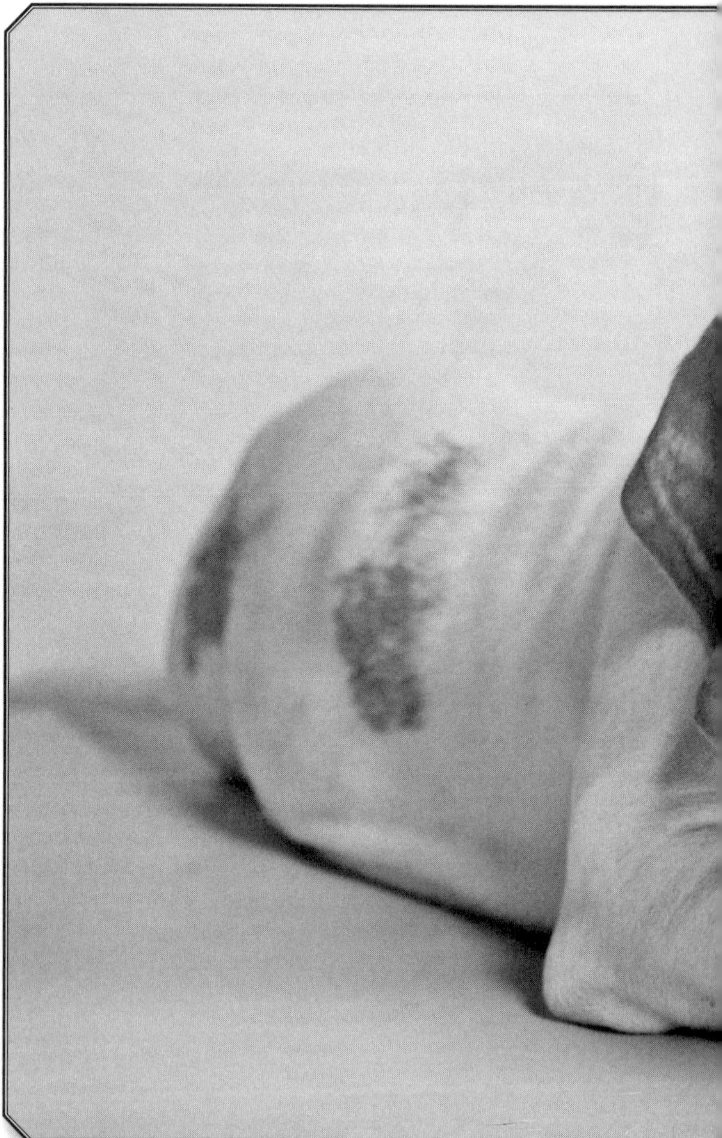

operativen Plastikhalskragen, blieb in Türrahmen stecken und fegte Becher vom Sofatisch. »Alter Eimerkopf« nannten wir ihn.

Es stimmte, als er schließlich in seine riesigen Füße und seinen riesigen Schwanz hineingewachsen war, beruhigte er sich deutlich. Sein Revier wurde kleiner, von der ganzen weiten Welt zum Haus am Ende der Straße, dessen Eigentümer immer vergaßen, die Deckel auf die Mülltonnen zu legen, und zum dahinter gelegenen Sumpf, wo die Chance bestand, über totes Wild zu stolpern. Manchmal tauchte er mit wild wedelndem Schwanz und einem ganzen Brustkorb im Maul auf. Und ihm geschahen immer noch ganz bestimmte Missgeschicke. In einem Sommer wurde er dreimal von einem Stinktier besprüht, und er hatte noch wochenlang Stacheln im Fell, nachdem er seiner Lust an fortgeschrittener Verwesung nachgegeben und sich in einem toten Stachelschwein gewälzt hatte.

Er hasste Pferde und konnte sie schon lange vor uns hören; er begann, gute drei bis vier Minuten bevor das Klippklopp der Hufe durch das Tal hall-

te, zu bellen. Ein Knall jagte Beau ebenfalls Angst ein: Schüsse und Donner machten ihn völlig fertig, und wenn am Nationalfeiertag am vierten Juli das Feuerwerk begann, rannte er innerhalb von Sekunden nach oben. Es gibt wenige Anblicke, die noch bemitleidenswerter sind, als der eines ausgewachsenen Labradors, von dem nur noch der Schwanz und sein Hinterteil unter der Tagesdecke eines Bettes hervorlugen. Und er wollte einfach nicht schwimmen, egal, wie oft er von seinem Herrchen auf seine Verantwortung als Wasserhund hingewiesen wurde. Wir nahmen an, dass ihm ein Schlüsselgen der Labradore fehlte. Dann, an einem Julitag, als er sechs Jahre alt war, ging er plötzlich ins Wasser und paddelte entschlossen über den Teich, um ein Dutzend Gänse zu verjagen, deren Gequake ihn aufgeregt hatte.

Zu diesem Zeitpunkt war er bereits ein braver Hund, und das sagten wir ihm auch oft. Das war einer der Ausdrücke, die er verstand, genau wie »Fresschen«, »Leine« und »Gassi«. Er lief jeden Morgen mit seinem Herrchen, lag im Winter wie in einer

Versicherungswerbung vor dem Kamin, hielt sich von den Möbeln fern und sprang die Gäste nicht an. Die Leute bewunderten seine Selbstdisziplin, auf der Straße sowie bei Abendeinladungen, obwohl er an Silvester mal bis zu den Ohren in einer Schüssel voller Schokoladentrüffel erwischt wurde.

Seine größte Herausforderung, zumindest bis er die Treppen nicht mehr laufen konnte, kam, als er neun Jahre alt war. Begeistert von einem Wurf gelbbrauner Welpen, entschlossen wir uns, einen gelben Labrador zu kaufen, dessen voller Name Endless Mountains Biggie Shortie zu Bea abgekürzt wurde. Das war ein Fehler, denn wenn uns Fremde auf der Straße nach den Namen fragten, klangen unsere beiden Hunde wie eine Varieténummer. Aber der größte Fehler, zumindest in Beaus Augen, war die ursprüngliche Idee. Wir dachten, wir würden ihm einen riesigen Gefallen tun: In seinen oft langweiligen und ereignislosen mittleren Jahren gaben wir ihm seinen eigenen Hund. Er dagegen hatte den Eindruck, wir hätten den Verstand verloren.

Wir gehören nicht zu der Art von Menschen, die

Hunde und Kinder verwechseln. Wir nannten uns nie Beaus Mommy und Daddy und ihn nie unseren Sohn. Wir hatten Söhne, und die haben nie versucht, unser Gesicht abzulecken oder Hackfleisch zu stibitzen, das auf der Küchenarbeitsplatte auftaute. Die Wahrscheinlichkeit, dass mein Mann oder ich jemals einem Hund Kleider anziehen, ist gleich null. Wir wären nicht die richtigen Leute für einen Hund, der so etwas mit sich machen lassen würde.

Aber Beaus Reaktion auf Beas Ankunft war uns bekannt, nicht von unseren Jahren als Hundehalter, sondern von unseren Jahren als Eltern. Ihm gefiel die Konkurrenz nicht. Er quetschte sich bei jeder sich bietenden Gelegenheit zwischen Bea und ihr Herrchen. Wenn man eine Hand auf ihren Kopf legte, war er sofort zur Stelle und schob sie mit seinem riesigen Schädel und den breiten Schultern zur Seite. Wenn dieser Welpe um seine Beine herumlief, ihn spielerisch in die Flanken biss und dann fröhlich davonrannte, ärgerte ihn das immer mehr, bis er Bea eines Tages mit einer Pfote festhielt und knurrte.

Sie lernte ihre Lektion in Unterwürfigkeit schnell, sie folgte ihm sklavisch überallhin und entwickelte die Gewohnheit, ab und an stehen zu bleiben, um ihm über das Gesicht zu lecken, während er schlief. Diese Entwicklung muss Eltern bekannt vorkommen. Ich erinnere mich, wie ich unserem Ältesten mal erklärte, dass er Geduld haben müsste, weil ich meine Aufmerksamkeit aufteilen musste. »Vergiss nicht, ich bin auch Christophers Mommy, Quin«, sagte ich. »Und Daddy ist Christophers Daddy?«, entgegnete er entsetzt. Es stellte sich heraus, dass es einen riesengroßen Unterschied macht, einem Kleinkind zu erklären, dass ein neues Baby kommt, und ihm klarzumachen, dass das Baby Ansprüche auf die Eltern erhebt, von denen er annahm, es wären ausschließlich seine. Oder wie Christopher mal über Maria sagte: »Warum brauchten wir noch ein Baby im Haus?«

Unsere Überlegung war, dass Bea Beau jung halten würde, und ich vermute, dass genau das auch geschah. Er rannte, weil sie rannte, stromerte mit ihr herum, machte weiter, wenn er sich ansonsten

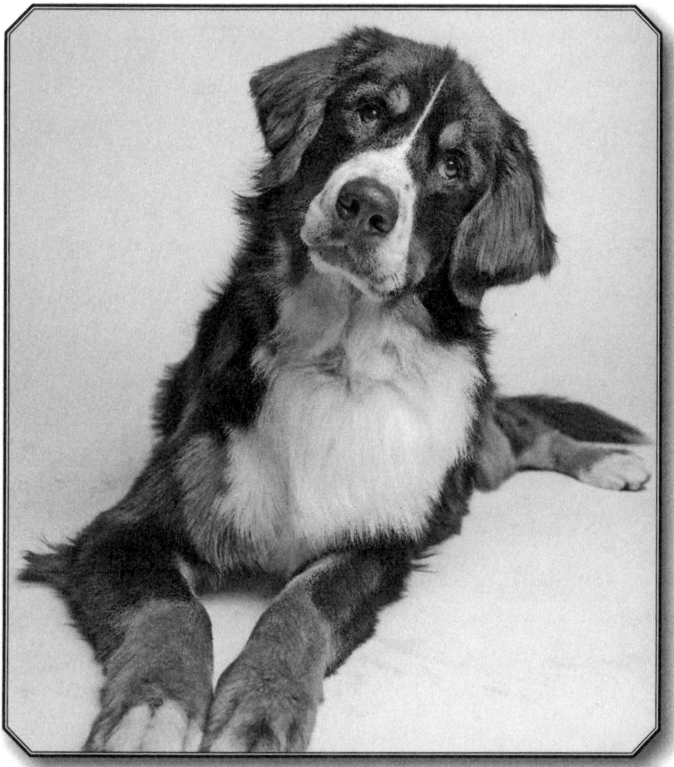

hingelegt hätte. Als sie beide noch jünger waren, tänzelte sie im Kreis herum und stupste ihren älteren Begleiter zu ihrem eigenen Vergnügen an den Hintern, aber als er immer kränker wurde, war sie schlau genug, das nicht mehr zu tun. Und auch wenn die Altersreihenfolge dazu führte, ihn Big Guy und sie Little Girl zu nennen, wurde sie über die Jahre stärker und eindrucksvoller als er. In der Art der gebrechlichen Alten schien er kleiner zu werden, und sein Skelett wurde immer besser erkennbar, bis er schließlich nur noch Wirbelknochen und Becken unter flachem, schwarzem Fell war. Lange Zeit lag er aufmerksam da, seine milchigen Augen geheimnisvoll nach innen gerichtet, als würde er die Vergangenheit noch einmal durchleben. Wenn wir das Zimmer nicht mit lauten Schritten betraten, wusste er oft gar nicht, dass wir da waren, und es wurde wichtig, langsam auf ihn zuzugehen, damit ihn ein Tätscheln des Kopfes nicht erschreckte. Manchmal lag er mit weit gespreizten Beinen auf dem Linoleum und konnte ohne einen Schubs in den Allerwertesten nicht mehr aufstehen; manchmal musste er die Treppe in einer Art Dreibeinrennen hinaufbugsiert werden, ich hielt dabei seine zwei Hinterläufe, während er seine Vorderbeine benutzte. Beau hatte mal ein zielsicheres Maul, aber es kam eine Zeit, in der ein Leckerli, das in seine Richtung geworfen wurde, von seinem Kopf abprallte. Doch wenn ich einen Schweinebraten in den Ofen stellte, keuchte der alte Kerl immer noch so wie ein obszöner Anrufer. Die Augen und Ohren arbeiteten vielleicht nicht mehr, aber die Nase war unverwüstlich. Und der Schwanz. Der Schwanz wedelte weiterhin, wenn auch auf Halbmast. Ich dachte immer wieder, wenn das aufhört, dann werden wir Bescheid wissen.

Beau war ein Geschenk von meiner besten Freundin und ihrem Ehemann zu meinem vierzigsten Geburtstag. Alle zehn Jahre organisiert mein Mann eine Überraschungsparty, obwohl ich zu derjenigen, die am allerwenigsten überrascht werden möchte, gewählt würde, wäre das Leben ein High-School-Jahrbuch. Die Vorstellung, dass ich weder die Gästeliste, noch die Speisekarte oder die Blu-

men gesehen habe, macht mich wahnsinnig, weswegen er es wahrscheinlich überhaupt tut. Das Jahr, in dem ich vierzig wurde, war in dieser Hinsicht besonders schlecht oder gut, je nachdem, ob man der strahlende Planer der Überraschung oder das verdatterte Opfer war. Obwohl die Null in meinem Alter meine Wachsamkeit geweckt hatte sowie Erinnerungen an die Party zum dreißigsten Geburtstag, die während eines Stromausfalls an einem der heißesten Tage des Jahres gefeiert wurde, warf mich die Bitte meines Chefs, vor einer Gruppe von Beratern in einem Restaurant im Stadtzentrum eine Rede zu halten, aus der Bahn. Selbst als all unsere Freunde grinsend hinter den Doppeltüren des Veranstaltungssaals des Restaurants auftauchten, wiederholte ich immer wieder: »Ich habe etwas vorbereitet!«, bis mir jemand sagte, ich solle den Mund halten.

Aber das Jahr, in dem ich vierzig wurde, war in fast allem anderen außergewöhnlich gut, sodass ich mich besonders gern an diese Party erinnere. Meine Arbeit und meine Familie standen in voller Blüte. Ich kämpfte nicht mehr gegen die Unsicherheit der Jugend und konnte mir die Herausforderungen des Alters nicht einmal vorstellen. Ich war fruchtbar, aber nicht schwanger, hatte zu tun, schuftete aber nicht. Niemand trug mehr Windeln, alle waren in der Schule. Meine Haare waren noch nicht grau. Mein Leben befand sich in einer Art Gleichgewicht.

Alles, was ich wirklich noch brauchte, war ein Hund. Zum ersten Mal, seit ich das College abgeschlossen hatte, waren wir hundelos. Eine Weile hatten wir drei auf einmal gehabt. Ich fing mit einem Cockerspaniel namens Dollar an, den ich ausgesucht hatte, weil er der Kleinste im Wurf war. Ich lernte schon bald, dass, wenn man einen Welpen aus Mitleid aussucht, man sehr leicht bei einem verrückten Hund landen kann, der immer wieder seinen Charakter beweisen muss, oder wie wir zu unseren Freunden sagten: »Sie schießt quer durchs Zimmer, um ein kleines Kind zu beißen.« Sie bewies, dass Hunde Menschen besser verstehen als Menschen Hunde, da sie in dem Moment damit

aufhörte, als die kleinen Kinder zu uns gehörten, sonst wäre sie wohl auf dieser mythischen Farm auf dem Land geendet, zu der Eltern unerwünschte Hunde brachten, als ich ein Kind war.

Als Nächster kam ein Golden Retriever, der einer Gruppe von Mittzwanzigern gehörte, denen zu spät klar geworden war, dass die Ansprüche an Hundehalter sich nicht mit einem Leben der Arbeit, Partys, Restaurants und Clubs vertrugen. Einer von ihnen befestigte in meinem Büro einen Aushang: GRATIS IN GUTE HÄNDE ABZUGEBEN, Worte, die nur noch mit »Ausverkauf im Schuhgeschäft« zu vergleichen sind, wenn es darum geht, mich dazu zu bringen, etwas zu erwerben, das ich nicht brauche und mir eigentlich auch gar nicht leisten kann. Jason war ein riesiger Rotschopf, der so brav und sanft war, dass er als Kinderkrankenschwester hätte arbeiten können, hätte er richtige Daumen gehabt.

Schließlich gab es noch den struppigen, schwarzen Köter, Begleiter eines Obdachlosen, der ohne Testament in einem verlassenen Gebäude um die Ecke gestorben war. »Wir kümmern uns um den

Hund«, sagten die Polizeibeamten, als sie die Leiche fortbrachten, was noch eine Variante der Farmgeschichte ist. Stattdessen schleppte ich Pudgy nach Hause. Als mein Mann von der Arbeit heimkam, hatten sich die Kinder bereits mit Pudgy angefreundet, und seine Einwände waren umsonst. Ich dachte, wenn es schon chaotisch ist, zwei Hunde zu haben, dann würde ein weiterer keinen großen Unterschied mehr machen. Ich vergaß passenderweise, dass Menschen nur zwei Hände haben, oder wie eine andere Mutter mal über das dritte Kind sagte: Es wird Zeit für eine Verteidigungslinie anstelle von Mann-zu-Mann-Kämpfen.

Dollar, Jason, Pudgy. Wenn man einen von uns auf der Straße sah, wie er mit den drei Leinen kämpfte, wirkte es so, als wären wir gerade noch einen Hund davon entfernt, verrückte Hundeleute zu werden. Dann, einer nach dem anderen, wurden sie alt und starben. Bald gab es auf dem Hügel neben dem Maisspeicher einen kleinen Tierfriedhof mit selbst gemachten Grabsteinen aus gerissenen Dachschiefern mit Kreideinschrift.

Manchmal sagt mir jemand, dass er keine Haustiere habe, weil sie Dreck machen, und ich denke, darin liegt etwas Wahres, das Fell, der Sabber und ab und zu mal eine Pfütze auf dem Boden. Ich muss dann immer gegen die Versuchung ankämpfen zu antworten, dass das Leben selbst Dreck macht und dass Schicksalsschläge diejenigen am heftigsten treffen, die fälschlicherweise glaubten, dass sie alles sauber halten könnten. Aber die Wahrheit ist, dass wir ohne Hunde viel dreckiger waren als mit. Nachdem Pudgy gestorben war, als das Klicken der Krallen auf dem Fußboden nur noch ein geisterhafter Klang war, stellte ich fest, dass die Kinder in der Küche mehr auf den Boden fallen ließen, als sie aßen. Ich hatte nie gemerkt, wie viele Goldfischli, Cheerios und Krümel vom Tisch fielen. Das lag daran, dass sie entweder noch in der Luft aufgeschnappt wurden oder, kaum dass sie den Boden berührten, gefressen wurden. Hunde machen Dreck, das stimmt, aber sie putzen ihn auch weg.

Einen Monat nach der Party zu meinem vierzigsten Geburtstag und nicht einmal acht Wochen,

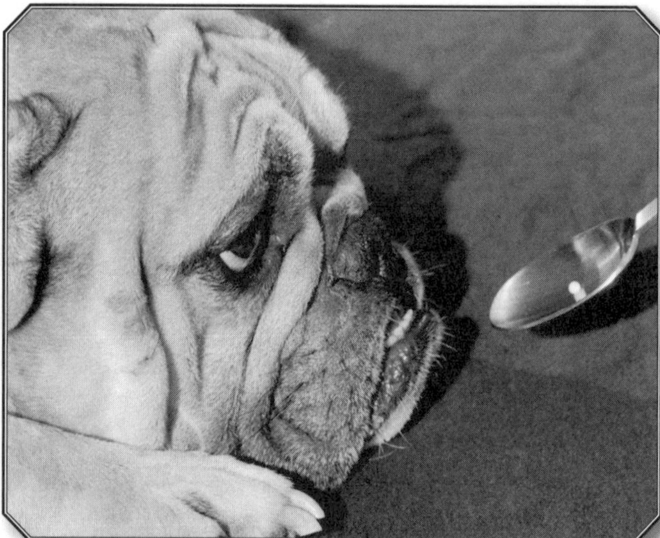

nachdem Pudgy gestorben war, stand ich im Welpenzimmer eines Züchters in New Jersey, dessen Lieblingsweibchen ein Dutzend Welpen geworfen hatte. Als ich mich zwischen all das Gezappel, Gewusel, Gewimmel und Gebelle hockte, stand die Mutter müde auf und ging aus dem Zimmer, ihren Bauch und ihre Schnauze ließ sie hängen. Die Welpen trugen Krankenhausbändchen um ihren Hals, auf denen Zahlen standen, die die Reihenfolge ihrer Geburt angaben. Der Welpe, der immer wieder auf meinen Schoß krabbelte und mich neugierig ansah, war Nummer elf. Nachdem ich Nummer elf mit nach Hause genommen und ihn Beau getauft hatte, bekam ich einen Eindruck vom Leben seiner Mutter. Zwei Wochen lang wachte er jeden Morgen um 4 Uhr 45 auf und bellte kurz und scharf. Einen Welpen stubenrein zu bekommen und ein Kind zur Sauberkeit zu erziehen, hat etwas gemeinsam: Der verantwortliche Erwachsene kommt sich völlig absurd vor, weil er die simpelsten Körperfunktionen loben muss. »Du bist so ein braver Junge«, murmelte ich, wenn ich in den letzten Nachtstunden im taunassen Gras fror, mich an die tiefe und endlose Dunkelheit während des nächtlichen Babyfütterns erinnerte und Beau einen Welpentanz unterm Sternenhimmel vollführte.

Das Leben ist ein großes Mysterium, das ist sicher. Hätte mir jemand all das beschrieben, als ich zwanzig Jahre alt war, hätte ich diese häusliche Routine verspottet. Als ich dreißig war, waren diese Kinder bloß ein Glitzern in unseren Augen, mit vierzig hatte ich nur eine vage Ahnung, was aus ihnen werden würde. Und noch heute bin ich nie wirklich sicher, was die Zukunft angeht, ob die Ruhe noch viele Jahre währen wird oder von Veränderung oder Umbruch durchbrochen werden wird. Ich nehme nicht viel als selbstverständlich hin.

Aber das Leben eines Hundes ist eigentlich nicht so geheimnisvoll. Mit wenigen Ausnahmen wird er derjenige sein, der er immer gewesen ist. Seine Routine wird dieselbe sein und seine Vergnügungen vorhersehbar: ein Teich, ein Eichhörnchen, ein Knochen, ein Schläfchen in der Sonne. Es klingt so langweilig und ist doch ein Teil dessen, was Hunde

für Menschen so wichtig macht. In einer Welt, die so unsicher scheint, in einem Leben, das manchmal von einer Herausforderung in Turbulenzen gerissen und wieder zurückgeworfen wird, kann man auf einen Hund zählen, wie auf sehr wenig sonst.

Es gibt ein weiteres Mysterium im Leben eines Menschen, das im Leben eines Hundes nicht so geheim ist. Nämlich die Frage, wie lange er bei einem bleiben wird, auch wenn die Menschen diesen Teil der Vereinbarung meistens übergehen. Als wir Beau kauften, bekamen wir so einiges mit. Ein rotes Kong-Hundespielzeug, auf dem er kauen konnte und das er nie so sehr mochte wie Stuhlbeine oder Schuhe. Einen Korb, in dem er schlafen konnte und an den er sich nach einigen Nächten des qualvollen Jaulens gewöhnt hatte. Ein Hundefrisbee, das er ignorierte, wenn es über seinen Kopf segelte. Und ein Buch mit dem Titel *Dein Labrador Retriever.* Die Ecken dieses Buchs sind ganz zerkaut und darin steht dieser Satz: »Die durchschnittliche Lebenserwartung eines Labradors liegt bei zwölf Jahren.«

Beau starb zwei Wochen vor seinem fünfzehnten

Geburtstag. Wir fünf wussten schon drei Tage im Voraus, wann genau er uns verlassen würde, was sich schrecklich falsch anfühlte. Es gibt ein paar Dinge, von denen ich eigentlich nie verstanden habe, wie man sie planen kann: einen Kaiserschnitt oder ein Rendezvous mit dem eigenen Ehemann. Aber ich habe mich noch nie so schlecht gefühlt wie beim Planen der letzten Stunden in Beaus Leben, als ich die Tierärztin und das Krematorium anrief, damit beide am Montagmorgen um neun Uhr bereit waren. Ich habe mich noch nie so schlecht gefühlt wie damals, als ich die gute alte Nummer elf für ein gesamtes, schreckliches Wochenende zu einem toten Hund machte. Einem Dead Dog Walking, oder genauer gesagt, einem humpelnden.

Ich weiß nicht mehr genau, wie wir diese Zeit und diesen Tag festlegten. Es stimmt, wir waren alle wegen Christophers Collegeabschluss zusammen, Quin war aus Peking gekommen und Maria vom College, und sie alle drei wollten dabei sein. Die Bewegung in Beaus Leben hatte sich umgekehrt, während er früher weglief und drei Kinder zu Hau-

se zurückließ, die sich sorgten und warteten, waren sie jetzt flügge geworden, während er an der Tür lag und geduldig darauf wartete, dass sie zurückkehrten. Mein Mann und ich wohnen jetzt in einem saubereren Haus, nur mit einem Hund als Begleitung, und warten auf den Lärm, das Durcheinander und die Freude, die die Rückkehr unserer drei Eingeborenen bringt. Für uns alle hat sich das Leben geändert.

Vielleicht erkannten die Kinder, was wir seit Monaten übersehen wollten: dass es auch für Beau an der Zeit war zu gehen. Seit ein paar Wochen schien das bisschen Licht, das in den blassen, blinden Augen des großen Kerls noch übrig war, zu erlöschen, und wenn er bellte, so schien er nicht mehr Aufmerksamkeit zu verlangen, sondern das Ende der Schmerzen. Eine lange Zeit hatten wir ihn am Leben gehalten, weil er immer noch etwas Leben in sich hatte, ein wenig Neugier, die ihn seine Schnauze auf den Boden richten ließ, um herauszufinden, welches Tier vor kurzem diesen Weg genommen hatte, ein bisschen Schwung in seinen Schritten, wenn sein Fresschen in die Schüssel prasselte, auch wenn die Schüssel direkt vor ihn hingestellt werden musste, damit er sie fand.

Dann wurde uns eines Tages plötzlich klar, dass wir ihn nicht am Leben hielten, weil es gut für ihn war, sondern weil es gut für uns war, weil es so schwer war, die Entscheidung zu treffen, ihn gehen zu lassen. Und im fröhlichen Vertrag zwischen Hund und Mensch ist das der eine unverzeihliche Betrug.

Er schien von all der Aufmerksamkeit, als wir uns um ihn auf dem bunten Teppich, der so farbenfroh war und Hundeflecken so gut verbarg, versammelten, etwas perplex zu sein. Ich legte mich neben seinen Kopf auf den Boden, während Dr. Brown, die genau wie versprochen zu diesem Hausbesuch gekommen war, sich an seinen Hinterlauf stellte. Beau zuckte beim ersten Pieksen verärgert zusammen, dann war er wieder ruhig, er sah aus wie immer, würdevoll und schön, seinen Kopf hielt er hoch. Ich hatte meine Arme um seinen Hals geschlungen, mein Gesicht in seine Schulter gedrückt, und

von oben spürte ich etwas, das ich einen verwirrten Moment lang für Regen hielt, denselben Regen, der draußen auf der Straße so heftig fiel und dieses Geräusch von Steinchen in einer Metalldose machte. Dann wurde mir klar, dass es die Tränen meines Ehemanns waren. Ich hörte, wie unsere Kinder schluchzten, und plötzlich freute ich mich fast über die Liebe, die wir für diesen alten Hund empfanden, und über den Gedanken, dass, sollte ich sehr, sehr viel Glück haben, ich einen ähnlich einfachen und heiteren Tod wie diesen hier erleiden würde, mit genau denselben Menschen um mich herum.

Leute reden die ganze Zeit Unsinn mit Hunden, genau wie mit Babys. Ich flüsterte ihm immer und immer wieder etwas ins Ohr wie damals, als er als junger Welpe auf dem Gras saß. »Ja, ja, du bist ein guter Kerl«, murmelte ich, »du bist der beste Hund, ja, alles wird gut, du bist ein guter Kerl.« Dr. Brown sah mich an, und ich nickte, und sie drückte auf die Spritze. Beau atmete zweimal tief und knurrend ein, dann fiel er auf mich. Wir hatten ihn einschläfern lassen. Ich mag keine Euphemismen für den Tod, hasse den Ausdruck »von uns gegangen«, wenn jemand gestorben ist, aber der Ausdruck, den wir für Hunde verwenden, ist der richtige. Wir ließen ihn einschläfern.

Ich habe es eigentlich nie geglaubt, wenn es heißt, dass der Tod die Lebenslinien glättet, dass die Anspannung und die Sorgen verschwinden. Und doch, als die Tierärztin zusammengepackt hatte und die Kinder gegangen waren, sah Beau mehr wie sein früheres Selbst aus, bevor seine Beine, sein Augenlicht und sein Gehör nachließen. Er sah mehr wie die Art von Hund aus, der ein Pferd von seiner Straßenseite vertreiben will oder in Kreisen schwimmt, sein Schwanz ein felliges Ruder, um ein paar Gänse zu jagen. Er sah mehr wie einer dieser hübschen Labradore auf dem Titelbild eines Hundebuches aus. Er sah genau nach dem aus, was er tatsächlich gewesen war: Ein wirklich guter Hund.

Das Leben eines guten Hundes ist wie das Leben eines guten Menschen, nur kürzer und konzentrierter. In den fünfzehn Jahren, seitdem Beau zu unserer Familie gekommen war, neun Pfund Babyspeck und

nadelscharfe Zähne, hatte er gemäß den Standards seiner Rasse ein Greisenalter erreicht. Und ich bin ebenfalls älter geworden. Meine Erinnerung stockt. Meine Knie tun weh. Ohne meine Lesebrille sehen die Wörter auf einer Seite aus wie Ameisen beim Picknick. Aber mein Blutdruck ist niedrig, meine Knochenanalyse gut und meine Mammogramme bisher ohne Befund. Ich liebe meine Kinder, und sie lieben mich, und wir alle lieben ihren Vater, der immer noch mein Ehemann ist. Zu Beginn dachte ich, dass das Leben furchtbar komplex sei, und auf eine gewisse Weise ist es das auch. Aber Zufriedenheit kann ziemlich einfach sein.

Und das ist es, was ich durch die Beobachtung von Beaus Leben gelernt habe: Akzeptiere Veränderungen, nimm die Dinge, wie sie kommen, miss dich nicht an der Vergangenheit oder der Zukunft, sondern an der Gegenwart, halte ab und zu deine Nase in die Luft und rufe, zumindest metaphorisch: »Ich rieche Schinken!« Ich bin nicht mehr die, die ich war, und er war es gegen Ende auch nicht mehr. Die Gänse ruinieren den Teich, und der gelbe Labrador läuft jeden Morgen mit seinem Herrchen. Die ersten Male, als sie allein Gassi geführt wurde, waren besonders traurig. Bea vermisst Beau schrecklich, vermute ich, aber vielleicht ist das auch bloß wieder eine Projektion.

Jeden Morgen sah ich nach, ob der alte Kerl tatsächlich noch atmete, und jeden Tag versuchte ich, ihn zu verstehen: Hatte er Schmerzen? War er glücklich? Wog das schlichte Leben noch die Behinderung auf? Und wenn die Zeit kommt, um mir selbst diese Frage zu stellen, dann habe ich wenigstens Erfahrung damit die Antwort zu finden. Manchmal bringt einem ein alter Hund neue Tricks bei.

COPYRIGHT DER FOTOS: